CARYL LEWIS

Lluniau gan
Moira Hay

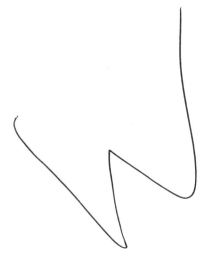

Cyhoeddwyd gan **Y Ganolfan Astudiaethau Addysg**, Aberystwyth gyda chymorth ariannol Awdurdod Cymwysterau, Cwricwlwm ac Asesu Cymru.

ISBN: 1 84521 038 7

Diolch i'r canlynol am eu cymorth ymgynghorol gyda'r gyfres:

Bryn Evans, Ysgol Gyfun Rhydfelen
Manon Jones, Ysgol Gyfun Ystalyfera
Mererid Llwyd, Ysgol Glan y Môr, Pwllheli
Anne Shore, Ysgol Gyfun Cwm Rhymni

Tîm Golygyddol: Wyn Abraham, Jane Nicholas, Robat Powell (Y SCYA)

Tîm Cysodi: Mary Hargreaves a Lowri Randell (Y SCYA)

Dyluniwyd gan Richard Huw Pritchard

Argraffwyd gan Argraffwyr Cambria

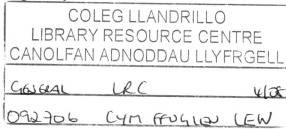

PENNOD 1

"Gary!"

Roedd y llais yn dod o waelod y stâr.

"Gary!"

Cydiais yn fy nghlustog a'i phlygu dros fy mhen a nghlustiau.

"Gary, gobeithio bo' ti'n adolygu!"

Roedd sŵn y llais yn bell, bell i ffwrdd. Troi drosodd ar y gwely. Roedd hi'n gynnes ac yn braf.

Teimlo'r gwely yn neidio dipyn. Dad wedi dod i mewn i'r stafell a chau'r drws yn glep ar ei ôl. Y glustog yn diflannu. Sŵn llais fel taran.

"Gary, cwyd! 'Sdim synnwyr dy fod di'n dod lan i dy stafell wely bob nos i adolygu ac wedyn yn mynd i gysgu."

"Ond mae hi mor boeth..."

"Mae dy arholiade di cyn bo hir a dwyt ti ddim yn hanner parod!"

"Pam maen nhw'n neud arholiade yng nghanol yr haf, eniwê?"

"'Drycha, pan wnaeth dy frawd di'r arholiade 'ma buodd e lan fan hyn am orie yn gweithio."

"Wel *good for him*!" meddwn i gan feddwl pam oedd rhaid iddo ein cymharu ni drwy'r amser.

"Ie, *good for him*, a thithe fan hyn a dim siâp..."

"Wel sori, falle bod dim cymaint yn fy mhen i, 'de..." Codais ar fy eistedd yn araf.

"Diogi, – 'na beth sy'n bod arnot ti. Mae digon yn dy ben di. Dw i wedi hen arfer â'r esgus 'na," atebodd Dad. "Dweud dy fod di'n dwp fel bod neb yn disgwyl dim byd mawr oddi wrthot ti. Handi iawn!"

"O, jest gad fi fod."

"Paid ti siarad â fi..."

Codais ar fy nhraed a gwthio heibio iddo. Roedd fy amynedd yn brin a'r ddau ohonon ni wedi cael y sgwrs yma bob nos ers rhyw dair wythnos.

"Ble wyt ti'n mynd?" gofynnodd Dad.

Ceisiais feddwl am ateb sarci ond ddaeth dim un. Agorais y drws.

"Gary?" Ro'n i hanner ffordd i lawr y stâr erbyn hyn. Cerdded heibio i Mam yn y gegin.

"Gary, ble wyt ti'n mynd, cariad? Mae swper bron â bod yn barod."

"I SYRFFIO!" gwaeddais yn ôl wrth gau'r drws yn glep ar fy ôl.

PENNOD 2

Roedd fy siwt a'm bwrdd syrffio yn y sièd ac fe newidiais ar frys. Yr unig beth da am fyw mewn pentre bach tawel oedd y traeth. Chwe milltir o draeth a thonnau yn torri arno fel stepiau, yn berffaith ar gyfer syrffio. Pan oedden ni'n fach, byddai Dad a finnau a Peter (fy mrawd) yn dod i lawr yma i ddysgu nofio. Dyna Dad i'r dim, yn poeni cymaint am bopeth nes ei fod yn ein dysgu ni i nofio bron cyn inni fedru cerdded, rhag ofn inni foddi. Mynd o flaen gofid drwy'r amser. Mae e'n casáu fy mod i'n syrffio ac yn mynd yn grac o hyd. Ceisiodd fy mherswadio i chwarae pêl-droed gyda'r tîm lleol, chwarae pêl-fasged, unrhyw beth ond syrffio. Dyw e ddim yn sylweddoli mai FE wnaeth imi fod eisiau syrffio wrth fynd â fi i'r traeth mor ifanc! Dyna beth sy'n gwneud i mi chwerthin!

Wrth gerdded y canllath i'r traeth gwelais ffigwr yn y pellter. Ffigwr yn neidio yn ysgafn ar hyd y tonnau yn dal pŵer y môr. Mandy. Yn aml iawn byddai Mandy ar y traeth yn syrffio'r un pryd â fi. Roedd y tonnau fel petaen nhw yn ein tynnu ni yno ar yr un pryd. Dw i'n nabod Mandy ers yr ysgol gynradd. Ffrindiau ydyn ni. Dyna'r cwbl, er bod y bois yn tynnu fy nghoes i amdani hi byth a hefyd. Ond does gan Mandy ddim diddordeb ynof fi gwaetha'r modd, achos mae hi'n rili ffit ac yn cŵl hefyd.

Cerddais allan ar hyd y tywod. Roedd y tywod yn berffaith. Ddim yn rhy sych a meddal. Roedd e'n frown ac yn llyfn ond yn galed. Yn syth wrth i'm traed gyffwrdd â'r dŵr, roedd rhywbeth yn newid ynof fi. Roedd yn anodd i'w ddisgrifio. Cododd Mandy ei llaw arna i ond doedd yr un ohonon ni'n dweud gair. Doedd dim eisiau, rywffordd. Roedd y tonnau yn anadlu odanon ni a holl addewid y môr o'n blaenau ni. Beth allwch chi ddweud?

Wrth rwyfo allan ymhellach, roedd y bwrdd a finnau a'r tonnau yn toddi yn un. Mae'r môr yn weddol saff, ond ichi wylio'r tywydd a'r llanw. Does dim damweiniau yn digwydd yma'n aml heblaw bod y tywydd yn newid yn gyflym.

Gwyliais Mandy yn dal ton ac yn codi ar ei thraed. Roedd hi'n llithro ar hyd y dŵr fel petai hi wedi'i gwneud o rew, yn llyfn ac yn llonydd. Edrychais o'm cwmpas i ddal y don nesaf. Roedd hi'n codi y tu ôl imi. Codais ar fy nhraed a theimlo fy hun yn symud yn gyflym. Teimlais y don o dan y bwrdd a symudais bwysau fy nghorff gyda hi. Dyma'r unig amser rwy'n medru anghofio am bopeth. Anghofio am beth ddigwyddodd i Peter... Anghofio am bob dim, ond y don, y dŵr a'r awyr.

Ymhen rhyw awr, roedd y llanw yn newid a Mandy wedi cerdded lan i'r traeth. Ymunais â hi wrth inni gerdded yn ôl am y pentref.

"Tonnau da heno," meddai Mandy a'i gwallt hir yn wlyb i gyd.

"Oedd."

"Ti'n dawel, beth sy'n bod?"

"Jest stwff."

"Stwff teulu neu stwff ysgol?"

"Jest stwff."

"Symud mas ar ôl gadael yr ysgol – dyna'r ateb!" meddai hi dan chwerthin.

Dyna beth wnaeth Mandy. Mae hi'n byw gyda'i chariad a dau neu dri o bobl eraill mewn tŷ yn y pentre. Dw i'n mynd yna, weithiau, ond dw i ddim cweit yn siŵr faint o bobl sy'n byw yna achos bod y lle yn llawn dop o bobl bob tro. Dydyn nhw ddim yn gweithio. Maen nhw'n syrffio ac yn sgwrsio ac yn smygu.

"Ie," cytunais heb feddwl am y peth mewn gwirionedd, ond jest rhag swnio'n blentynnaidd.

"Cŵl."

Wrth imi wylio cefn Mandy yn diflannu am ochr draw'r harbwr, roedd ei bywyd i weld mor syml. Sylwais wedyn fod yr haul yn machlud gan daflu golau coch, cynnes o amgylch.

PENNOD 3

"Nawr 'te, ffug arholiadau TGAU yw'r rhain, ond maen nhw'n bwysig iawn." Miss Owens yn mynd ymlaen ac ymlaen gan fyseddu corneli'r papurau arholiadau yn ei dwylo.

"Byddwn ni'n dechrau am hanner awr wedi naw ac yn gorffen am un-ar-ddeg. Deall?"

Pawb yn nodio, yn enwedig y *swots* yn y rhes flaen, oedd wedi dod â beiros newydd a photeli dŵr a losin gyda nhw. Ro'n i wedi anghofio. Nid jest am y dŵr a'r losin ond am y *mocks* yn gyfangwbwl. Es i syrffio eto neithiwr ac felly collais neges destun Rhyds, fy ffrind ysgol gorau. Dyna un peth am y môr, rwyt ti'n ffaelu mynd â dy ffôn i mewn gyda ti! Ces i'r neges y bore 'ma, yn rhy hwyr i adolygu ac yn rhy hwyr i esgus fy mod i'n sâl ac yn methu dod i'r ysgol.

Edrychodd Rhyds draw arna i. Doedd dim llawer o glem gyda fe chwaith yn ôl ei olwg e. Roedd e'n eistedd un ddesg oddi wrtha i, gyda Nathan, un o'r *swots*, rhyngddon ni. Roedd Rhyds yn treulio ei holl amser allan ar y ffarm gyda'i dad. Roedd e eisiau gadael yr ysgol ar ôl TGAU a gweithio gartre ar y ffarm. Roedd ei dad yn dweud wrtho fe am weithio'n galed yn yr ysgol, oherwydd bod ffermio mor ansicr. Ond doedd Rhyds ddim yn fodlon gwrando.

"Dyma ti." Miss Owens yn mynd heibio gan roi papur ar fy nesg.

Edrychais draw at Rhydian a hwnnw'n gwneud llygaid mawr arna i ac yn codi'i ysgwyddau.

"Llenwch flaen y papur, os gwelwch chi fod yn dda. Yna trowch y papur drosodd a dechreuwch. Pob lwc."

Troi'r papur drosodd a gweld mai papur ffiseg oedd e. Dim gobaith. Edrychais ar y cwestiwn cyntaf. Roedd diagramau o olau yn mynd trwy driongl fel prism neu rywbeth. Edrychais ar y cwestiwn nesa a'r un nesa a'r un nesa. Dim cliw. Dechrau chwysu. Edrych o gwmpas. Roedd pawb yn ysgrifennu a'r *swots* yn y blaen â mwg yn dod o'u beiros, gan eu bod nhw'n ysgrifennu mor ffyrnig. Eisteddodd Miss Owens wrth y ddesg flaen a dechrau darllen llyfr.

Yna, teimlais gryndod yn fy nghâs pensiliau. Bron imi neidio allan o'm sedd. Edrychais o gwmpas, ond doedd neb wedi sylwi. Roedd pawb yn canolbwyntio mor galed. Agorais y câs pensil. Roedd neges ar fy ffôn oddi wrth Rhyds. Agor y neges.

cw1. ateb c   cw2. dŵr   cw3. 47

Edrychais draw at Rhyds. Edrychodd e ddim arna i. Ysgrifennais yr atebion yn y blychau ar fy mhapur. Roeddwn i'n hanner cofio rhai o'r atebion, felly tecstiais i Rhyds yn ôl gan esgus chwilio yn fy nghâs am rwber neu rywbeth.

Mewn rhyw awr, roedden ni hanner ffordd drwy'r

papur ac wedi ateb bron i dri chwarter ohono.

cw17. 67.8   cw18. llinell 3

Ymlaen â ni nes...

"GARY! RHYDIAN! ALLAN! NAWR!"

Miss Owens yn sefyll y tu ôl inni. Rhewais. Edrychais ar Rhyds. Roedd e'n edrych fel petai diwedd y byd wedi dod. Aeth y ddau ohonon ni allan, gan wybod beth oedd o'n blaenau.

PENNOD 4

"Alla i ddim credu dy fod di wedi bod mor dwp! Wyt ti'n sylweddoli gallet ti fod wedi cael dy daflu allan o'r ysgol 'na? Yr unig reswm y cawsoch chi aros yw oherwydd mai arholiadau *mock* oedden nhw ac nid rhai go iawn." Roedd bochau Dad yn goch a rhyw gryndod yn ei ddwylo.

"Sori..."

"Sori? Oes gyda ti unrhyw syniad faint o gywilydd o'n i'n ei deimlo a'r brifathrawes 'na yn ffonio a gofyn am 'y ngweld i?"

Doedd Mam ddim wedi dweud gair eto. Roedd hi'n eistedd yn dawel yng nghornel y gegin. Roedd y siom ar ei hwyneb hi'n waeth o lawer na gweiddi Dad. Ro'n i yn sylweddoli pa mor stiwpid oedd gwneud y fath beth. Jest digwydd wnaeth e. Ond roedd hi'n amhosib esbonio hynny i Dad.

"A pheth arall, daeth tad Rhydian ar y ffôn wedyn, yn fy nghyhuddo i o adael i ti redeg yn wyllt a thynnu ei fab e i mewn i drwbwl."

"Beth?! Rhyds 'na'th decstio fi yn gyntaf!"

"Bydd ddistaw!"

"Ond dyw hi ddim yn deg!"

"Sa i eisiau clywed dy esgusodion di! Cer i dy

stafell i weithio. A pheth arall," meddai gan gamu yn ôl ac ymlaen ar hyd y llawr, "dwyt ti ddim yn mynd i syrffio tan ar ôl yr arholiadau, ti'n clywed?"

"Beth?"

"Dim syrffio nes dy fod di wedi gorffen dy arholiadau di a dyna ddiwedd arni. Dw i wedi rhoi clo ar y sièd 'na, felly chei di ddim mo dy stwff di allan."

"Ond... !"

"Cer!"

Roedd Dad mewn cymaint o dymer, doedd dim pwynt gweiddi yn ôl arno. Roeddwn i, hyd yn oed, yn gwybod cymaint â hynny. Dringais y grisiau yn araf, er bod fy nghalon i'n syrthio. Dim syrffio? Roedd hynny'n waeth na dim byd. Es i mewn i fy stafell a gorwedd ar y gwely. Roedd yr holl bosteri o bobl yn syrffio ar y waliau fel petaen nhw yn fy ngwawdio. Kelly Slater yn syrffio o fewn twnnel o ddŵr. Bwriais y glustog â dwrn. Roedd popeth mor annheg.

BIP BIP

Neges ffôn.

Hollol grounded nes diwedd exams – Rhyds

Ateb yn ôl.

Fi hefyd

Tawelwch.

BIP BIP

Neges arall gan Rhyds? Na!

Parti yn y tŷ heno – Mandy

Codais o'r gwely yn gyflym. Parti! Byddai hynny'n ddigon i godi nghalon ond allwn i fyth...

Cnoc, cnoc ar y drws. Mam gyda phlatied o frechdanau a mŵg o de. Cuddiais y ffôn o dan y glustog.

"Beth wyt ti'n neud?" gofynnodd hi wrth ddod i mewn.

"Dim."

"'Co ti, elli di ddim gweithio heb ddim byd yn dy fola."

Gosododd hi'r cwbl ar y bwrdd ar bwys y gwely.

"Diolch."

Sylwais ei bod hi'n llwyd ofnadwy.

"Dim ond eisiau'r gore iti mae dy dad, cofia," meddai'n dawel.

Dim gair gen i. Aeth Mam ymlaen.

"Dw i ddim yn licio gweld chi'ch dau'n ymladd. Dw i'n gwbod bod dy dad yn ..."

"... yn boen yn y pen-ôl?" Gwelais hanner gwên ar ei gwefusau cyn iddi gofio mai hi oedd i fod i orffen y frawddeg.

"Yn *strict*, ond dim ond poeni amdanat ti mae e."

"Hy!"

"Bydde hi'n ddiflas iawn arnot ti, heb neb yn poeni dim amdanat ti!"

Aeth hi'n dawel ac es i'n dawel hefyd. Ceisiais feddwl am rywbeth i'w ddweud ond ddaeth dim byd.

"Iawn," meddai Mam.

"Iawn," meddwn innau.

Gwyliais hi'n mynd at y drws ac edrychais arni'n fanwl. Gwelais yn sydyn ei bod hi wedi dechrau mynd i edrych yn hen. Do'n i ddim wedi sylwi o'r blaen. Aeth Mam allan a thynnais y ffôn allan unwaith eto a meddwl. Dim ond awr neu ddwy fyddwn i yn y parti. Roedd Mam wedi dod â bwyd imi nawr, felly fyddai neb arall yn dod i edrych amdana i. Gallwn i fynd allan drwy ddrws y cefn a dod nôl pan fyddai pawb yn y gwely. Wedi'r cyfan, roedd Dad wedi cloi fy stwff syrffio yn y sièd. Felly doedd gen i ddim ffordd arall i ymlacio a mwynhau fy hun.

Newidiais yn gyflym, gan droi fy miwsig yn uchel. Byddai Mam a Dad yn credu fy mod i yn fy stafell yn gweithio. Sefais ar dop y grisiau nes clywed miwsig `Question of Sport` yn codi at fy nghlustiau. Roedd Dad yn ei wylio bob wythnos a byddwn i'n saff am sbel. Cerddais yn ara bach i lawr y grisiau a mentro am ddrws y cefn. Agorais hwnnw'n dawel bach a chamu allan i'r oerfel, gan deimlo cywilydd a chyffro ar yr un pryd.

PENNOD 5

"Wyt ti'n gwrando ar un gair rwy'n ei ddweud?" Amser cinio yn yr ysgol a finnau â'm meddwl ar blaned arall.

"O sori, Rhyds."

"Jawch, rwyt ti fel *zombie,* achan. Parti neithiwr eto?"

"Ie, o'dd e'n briliant."

"Faint o bartis maen nhw'n gael, 'te?"

"Bron bob nos."

"Ac rwyt ti'n mynd i bob un?"

"Bron â bod. Dyw Mam a Dad ddim wedi sylwi eto, miwsig arno ac esgus mod i'n adolygu. Dydyn nhw ddim callach."

"Watshia di, cei di dy ddal."

"O ca' dy ben, wnei di?"

"Beth?"

"Rwyt ti'n dechre swnio fel Dad, achan."

"Olreit! Dim ond gweud o'n i. Paid â bod mor *touchy*!"

"Www, sori *Mr Perfect.*"

"Jest dweud o'n i bod yr arholiade go iawn yn

dechre cyn bo hir."

"Diawl, rwyt ti'n troi yn real *swot*, on'd wyt ti?"

"Nadw! Ond bydde'n drueni iti jest bomio mas, dyna i gyd. Ar ôl i fi ddechre adolygu, dw i'n deall faint o waith sy gyda ni i'w neud."

"Wel, gad i fi boeni am bethe fel'na."

"Iawn, anghofia fe."

Ro'n i'n teimlo mod i wedi gorymateb. Ond ro'n i wedi blino cymaint ro'n i'n teimlo'n fwy pigog nag arfer. Efallai, yng nghornel fy meddwl, mod i'n gwybod bod Rhyds yn iawn, ond do'n i ddim eisiau wynebu'r ffaith.

"Hei, glywest ti am Nathan?" gofynnodd Rhyds.

"Pwy Nathan?"

"Nathan y *swot*."

"Na."

"Miss Owens wedi gorfod mynd â fe i'r ysbyty."

"Beth oedd yn bod arno fe? Wedi straeno ei frên e wrth adolygu gormod?"

"Na, cyffuriau."

"Beth?!" gofynnais. Roedd y peth yn anghredadwy. "Cyffuriau? Nathan?"

"Ie. Wedi prynu tabledi gan ryw foi a wedyn yn methu â mynd hebddyn nhw. Wedi bod yn stresd am TGAU."

"Wel dyna fe, 'te", meddwn i.

"Beth?"

"Wel, dyw becso am arholiadau yn gwneud dim lles i neb, ydy e?"

Canodd y gloch ar ôl yr awr ginio ac fe gerddodd Rhyds a finnau yn ara bach i wersi'r prynhawn, gan feddwl am Nathan.

PENNOD 6

Codais ar fy eistedd mewn sioc. Roedd hi'n dywyll y tu allan. Edrychais o gwmpas mewn penbleth. Hanner awr wedi deg. Ro'n i wedi cwmpo i gysgu unwaith eto, wrth drio adolygu. Ro'n i wedi addo mynd i un o bartis Mandy hefyd heno. Codais ar fy nhraed, gwisgo a sleifio i lawr y grisiau unwaith eto. Daeth sŵn Dad yn chwyrnu ar y soffa a Mam yn hymian yn y gegin, yn smwddio dillad, mwy na thebyg.

Agorais y drws a mynd allan. Roedd hi'n oerach nag oeddwn i'n ei ddisgwyl. Gwthiais fy nwylo i mewn i mhocedi a thynnu'r *hoodie* dros fy mhen.

Doeddwn i ddim yn cysgu'n iawn yn ddiweddar, chwaith. Doeddwn i ddim yn siŵr pam. Effaith mynd i'r gwely'n hwyr o hyd neu'r hunllefau ofnadwy roeddwn i'n eu dioddef? Cymysgedd o'r ddau, mwy na thebyg.

Cyrhaeddais y tŷ ac fe agorodd Mandy y drws. Roedd hi'n edrych fel pe bai yn hanner cysgu yn barod a daeth mwg tew i gwrdd â fi wrth imi gerdded drwy'r drws. Teimlais yn rhy boeth bron ar unwaith.

Nodiodd Mandy ei phen arna i i fynd i mewn i'r stafell fyw. Roedd pawb yn eistedd ar y llawr ac yn gwrando ar fiwsig uchel. Rhoddodd rhywun ddiod yn fy llaw. Roedd hi'n rhy dywyll i weld pwy. Ar ôl imi gyfarwyddo â'r olygfa, gwelais fod llwyth o bobl yn

eistedd ar y llawr yn ysmygu. Roedd rhai pobl, nad oeddwn i wedi eu gweld o'r blaen, yn siarad o gwmpas y ford. Dechreuais ymlacio. Doedd neb yn poeni pwy oeddwn i fan hyn, na beth oeddwn i'n ei wneud. Gwenodd rhyw ferch arna i a gwenais innau'n ôl. Dechreuodd y ferch chwerthin yn uchel cyn taflu ei hun yn ôl ar un o'r clustogau ar y llawr. Ar ôl un neu ddwy ddiod arall aeth popeth yn niwlog. Roedd y miwsig mor uchel nes ei fod yn gwthio popeth arall yn fy mhen i'r ochr a gwyliais y mwg yn troelli ynghanol y stafell...

Yna daeth goleuadau. Dechreuodd rhai pobl weiddi, ond roedd y rhan fwyaf yn chwerthin yn uchel. Goleuadau glas oedden nhw ac ymhen dim roedd hanner dwsin o blismyn yn sefyll yn ein canol. Rhewais. Roedd y cwbwl yn hunllef. Roedd yn rhaid imi adrodd ac ailadrodd fy enw, fy nghyfeiriad, a'm dyddiad geni.

Sylweddolais fy mod i'n nabod un o'r plismyn – Brian James! Byddai Brian yn cael peint gyda Dad weithiau yn y dafarn. Dechreuodd y mwg lenwi fy nghorn gwddw nes fy mod i'n teimlo'n sâl ac yn chwil. Er imi geisio fy ngorau i beidio, fe chwydais dros wisg y plismon a chael fy llusgo allan drwy'r drws.

PENNOD 7

Y peth nesaf rydw i'n ei gofio yw eistedd wrth fwrdd y gegin gyda Mam yn ei gŵn-nos yn edrych fel pe bai hi wedi gweld ysbryd a Dad yn barod i'm hanner lladd i. Roedd y plismon wrth y drws.

"Diolch o galon, Brian," meddai Dad wrth agor y drws iddo.

"Iawn boi, jest sorta fe mas, 'nei di? Sa i'n moyn ei weld e 'to. Mae gormod ohonyn nhw yn dechre mas fel'na ac yn gorffen yn y jâl."

"Dw i'n gwbod," meddai Dad yn dawel.

"Eith y lleill lawr, ti'n gweld. Mae cariad y ferch Mandy 'na wedi bod yn gwerthu stwff i blant ysgol. Falle bod Mandy wedi gwneud ffrindie gyda Gary er mwyn ei gael e i werthu cyffuriau yn yr ysgol."

"Wyt ti'n meddwl?"

"Synnwn i ddim. Mae Mandy yn ferch bert. Mae bechgyn ysgol yn fodlon gwneud unrhyw beth dros ferch fel 'na."

Caeodd Dad y drws ar ôl Brian ac arhosais innau am y don gyntaf o'r gweiddi, ond ddaeth dim byd. Eisteddodd Mam wrth y ford, yn disgwyl. Dim byd. Roeddwn i'n dal i deimlo'n sâl. Cerddodd Dad y llawr am tua deg munud heb ddweud gair. Roedd e fel petai e wedi rhedeg allan o eiriau. Fyddwn i ddim yn ei feio fe am fynd o'i go. Dyna beth fyddwn i wedi'i wneud yn ei le. Dim smic. Dim byd. Roedd y tensiwn yn ormod imi.

"*Go on* 'te, dwed rywbeth!"

Safodd Dad yn stond wrth glywed fy ngeiriau i ac edrychodd Mam ar ei thraed. Dechreuodd Dad ysgwyd ei ben yn araf.

"Beth pe bai Peter, dy frawd, yn gallu dy weld di nawr?"

Tarodd y geiriau fi fel ergyd o wn. Codais a rhedeg allan drwy'r drws, gan adael i Dad a Mam weiddi ar fy ôl. Rhedais i lawr at y sièd. Cydiais mewn rhaw oedd yn pwyso yn erbyn wal y sièd a bwrw'r clo oddi ar y drws. Es i i mewn a chydio yn y bwrdd syrffio a dechrau rhedeg tuag at y môr. Clywais Mam a Dad yn gweiddi ar fy ôl. Rhedais a rhedais fel cadno o flaen pac o gŵn hela.

Cyrhaeddais y traeth. Roedd y tonnau yn edrych yn fawr ac yn wyllt, ond cadwais i redeg nerth fy nhraed at y môr. Edrychais yn ôl a gweld Mam, fel ysbryd yn rhedeg yn ei gŵn-nos.

Neidiais i'r môr a cheisio rhwyfo â'm breichiau. Roedd y dŵr mor oer, nes imi ffaelu anadlu. Clywais lais Dad ar y gwynt. Roedd yr oerfel yn tynnu'r nerth allan ohono i a'r tonnau mawr yn gwneud imi deimlo'n sâl fel y gwnaeth y ddiod a'r mwg yn y parti. Ro'n i'n methu â symud a theimlais fy hun yn cael fy nhynnu o dan y dŵr. Ymlaciais, gan adael i fy mhen fynd o dan y tonnau.

Yna, teimlais rywun yn gafael ynof fi, yn bachu o dan fy ysgwyddau ac yn fy nhynnu yn glir o'r dŵr. Edrychais i fyny. Dad. Yna aeth popeth yn ddu. Dihunais yn crynu ar y traeth a Mam yn rhoi blanced o'r tŷ dros fy ysgwyddau. Dechreuodd Dad rwbio fy mreichiau a nghoesau i'n sych. Sylweddolais mai dyna'r tro cyntaf i Dad gydio ynof fi ers i Peter, fy mrawd mawr, gael ei ladd mewn damwain car. Ro'n i yn y car gyda Peter. Bai'r gyrrwr arall oedd e, yn mynd rownd cornel yn rhy gyflym a bwrw i mewn i gar Peter. Cafodd Peter ei ladd yn syth, ond cerddais i o'r car heb ddim mwy na chleisiau ar fy wyneb.

Cerddais tuag adref gan bwyso ar fraich Dad, a Mam yn dilyn, yn llusgo'r bwrdd syrffio ar ei hôl ac yn snwffian crio.

PENNOD 8

"Cnoc, Cnoc," meddai Mam wrth gario'r hambwrdd i mewn i'r ystafell.

"Heia, Mam." Ro'n i'n eistedd yn y gwely yn ceisio adolygu ac yn cael hwyl arni o'r diwedd. Rhoddodd Mam yr hambwrdd i lawr.

"Shwt wyt ti'n teimlo?"

"Gwell, diolch." Ro'n i'n gweud y gwir hefyd. Ro'n i'n cysgu yn well ac roedd yr hunllefau wedi pylu dipyn. "Siaradais i â Dad neithiwr ar ôl i ti fynd i'r gwely, Mam. Rydyn ni'n dau wedi dechrau deall ein gilydd o'r diwedd, dw i'n meddwl."

"Falch o glywed," meddai Mam gan wenu. "Doedd e ddim yn gallu achub Peter, rwyt ti'n gweld, felly roedd e eisiau gwneud yn siŵr bod dim byd drwg yn digwydd i ti."

"A do'n i ddim yn deall pam taw Peter gafodd ei ladd yn y ddamwain, nid fi. Ro'n i'n teimlo'n euog, rywsut. Trio gwthio fy hun falle a gwneud pethau peryglus. Pwy sy'n gwybod yn iawn? Ond doeddwn i ddim eisiau eich brifo chi... ti a Dad."

"Rydyn ni'n gwybod hynny nawr, cariad." Sylwais ar y dagrau yn llygaid Mam wrth iddi droi i fynd.

"Na, arhosa! Wyt ti'n cofio fel roeddet ti'n arfer

profi fi i weld faint o'n i'n ei gofio?" dywedais i.

Gwenodd Mam, ac roedd llai o straen i weld ar ei hwyneb hi nag oeddwn i wedi ei weld ers misoedd.

"Reit, cym on 'te!"

Symudais i wneud lle iddi ar y gwely. Gwrandawais ar lais Mam yn darllen y cwestiynau a chwerthin weithiau pan nad oedd hi ei hun yn eu deall nhw. Meddyliais am Rhyds, am Dad a Mam. Roedd Rhyds yn dod â nodiadau newydd draw imi heno. Ro'n i wedi ymddiheuro iddo am actio fel *idiot* ac fe wnaeth faddau i fi'n syth. Dyw ffrindiau da byth yn aros yn grac yn hir.

Dw i wedi cytuno mynd i bysgota gyda Dad hefyd ar ôl gorffen yr arholiadau. Dw i'n synnu braidd ei fod e'n fodlon i mi fynd yn agos at ddŵr eto! Roedd Mam ar yr ail gwestiwn yn barod a chofiais ei geiriau hi yn sydyn.

"Byddai hi'n ddiflas iawn arnot ti heb neb yn poeni dim amdanat ti!" Gwenais. Byddai, meddyliais wrth suddo yn gynhesach i mewn i'r gwely, byddai hi **YN** ddiflas.